ちくま文庫

詩ってなんだろう

谷川俊太郎

筑摩書房

目次

詩ってなんだろう

わらべうた

いない　いない　ばあ

こんなこといって、あかちゃんをわらわせたこ
とあるかな？

ちょうき　ちょうき　あわわ

かいぐり　かいぐり　とっとのめ
おつむてんてん　はらぽんぽん

あかちゃんのころ、あなたもこんなことばであ
そんでもらったことが、あるかもしれないね。

だるまさん　だるまさん　にらめっこしましょ
わらうとぬかす　あっ　ぷっ　ぷ

ともだちとにらめっこすることあるよね。そんなときことばに、ひとりでにふしがつく。

かごめ　かごめ
かごのなかの　とりは　いついつでやる
よあけのばんに　つるとかめがすべった
うしろのしょうめん　だあれ

このうたのあそびかたしってる？　もししらな

かったら、おとしよりにきいてみよう。

かんかんづくしを　たずねたら
みかん　きんかん　さけのかん
おやじやかんで　こはきかん
すもうとりはだかで　かぜひかん
さるはみかんの　かわむかん

ふつうにはなしたり、かいたりすることばとちがって、こういうちょうしのいいことばは、おぼえやすい。きいたり、こえにだしたりすると、からだがちょっとおどりだしそうで、たのしい。
そういうことばはみんな、詩のなかま。

ほう　ほう　ほーたるこい
そっちの　みーずは　にーがいぞ
こっちの　みーずは　あーまいぞ
ほう　ほう　ほーたるこい

むかしのこどもは、こういうことばをほんから
ではなく、いつのまにかみみからおぼえた。

いちじく　にんじん
さんしょに　しいたけ
ごぼうに　むかごに
ななくさ　はつたけ
きゅうりに　とうがん

これはまりつきうた。かぞえうたにもなってる。
むかしはこうしてあそびながら、かずをおぼえたりした。

ぼうやはええこや　ねんねしな
ぼうやのねたまに　ままたいて
あかいおさらに　ととよそて
やなぎのおはしで　さらさらと

さらさらさんばい　たべました
ねんねんやあ　ねんねんや

これはこもりうた。わらべうたは、だれがつくったのでもない、ひとりでにうまれたうた。にほんじゅうでむかしから、うたいつがれてきたうた。おなじようなうたは、せかいじゅうにある。

ねんねんころりよ　きのこずえ
かぜがふいたら　ゆりかごゆれる
えだがおれたら　ゆりかごおちる
あかちゃん　ゆりかご　なにもかも

（イギリス／アメリカのわらべうた）谷川俊太郎訳

プヴァ、プヴァ、プヴァ！
こみちにかあさんかぶとむし
こどもがせなかでねむってる

おまえもせなかでねむってる
プヴァ、プヴァ、プヴァ!

(ホピの子守唄) 金関寿夫訳

もじがなくても

もじがなくても、もじがよめなくても、詩をたのしむことはできる。詩は、もじがうまれるまえからあった。そのころ、詩とうたはおなじもので、おまじないやいのりだったり、はたらくときこえをそろえてうたううただったり、おどるときのはやしことばだったり、おうさまのものがたりだったりもした。

あはれ　あなおもしろ　あなたのし　あなさやけ　をけ

古事記

オホホホ　ヘヘヘ　ヘイヤ　ヘイヤ
オホホホ　ヘヘヘ　ヘイヤ　ヘイヤ
エオ　ラド　エオ　ラド　エオ　ラド　ナセ
ホワニ　ホウ　オウオウ　オーエ

エオ　ラド　エオ　ラド　エオ　ラド　ナセ
ホワニ　ホウ　オウオウ　オーエ
ホワニ　ホワニ　ホウ　ヘイエイエイエ　イエイエヤーヒ
……

（ナバホ・よるのうた）金関寿夫訳

おとだけでいみのないうたや詩がある。でもいみがなくとも、こえにはひとのこころをうごかすちからがある。もじにはおとがある、詩にはこえがある。

いろはうた

いろはにほへとちりぬるを
わかよたれそつねならむ
うゐのおくやまけふこえて
あさきゆめみしゑひもせすん

にほんじんは、おとなりのちゅうごくのもじから、ひらがなやかたかなをつくった。もじができると、くちからみみへつたえられてきたうたや詩を、もじにのこすことができるようになった。いろはうたは、四八のひらがなでできている。むかしはこれでひらがなをならった。「ゐ（い）」「ゑ（え）」は、いまではつかわないもじ。でも、おぼえておこう。

いろはかるた

い　いぬもあるけばぼうにあたる

ろ　ろんよりしょうこ

は　はなよりだんご

に　にくまれっこよにはばかる

ほ　ほねおりぞんのくたびれもうけ

へ　へをひってしりつぼめる

と　としよりのひやみず

ち　ちりつもってやまとなる

り　りちぎもののこだくさん

ぬ　ぬすっとのひるね

る　るりもはりもてらせばひかる

を　おいてはこにしたがう

わ　われなべにとじぶた

か　かったいのかさうらみ

よ　よしのずいからてんじょうのぞく

た　たびはみちづれ

れ　れう（りょう）やくはくちににがし

そ　そうりょうのじんろく

つ　つきよにかまをぬく

ね　ねんにはねんをつがえ

な　なくつらをはちがさす

ら　らくあればくあり

む　むりがとおればどうりひっこむ

う　うそからでたまこと

ゐ　いものにえたもごぞんじなく

の　のどもとすぐればあつさわするる

お　おににかなぼう

く　くさいものにふた

や　やすものかいのぜにうしない

ま　まけるはかち

け　げいはみをたすくる

ふ　ふみをやるにもかくてはもたぬ

こ　こはさんがいのくびかせ

え　えてにほをあげる

て　ていしゅのすきなあかえぼし

あ　あたまかくしてしりかくさず

さ　さんべんまわってたばこにせう（しょう）

き　きいてごくらくみてじごく

ゆ　ゆだんたいてき

め　めのうえのこぶ

み　みからでたさび

し　しらぬがほとけ

ゑ　えんはいなもの

ひ　びんぼうひまなし

も　もんぜんのこぞうならわぬきょうをよむ

せ　せにはらはかえられぬ

す　すいはみをくう

ん　きょうのゆめおおさかのゆめ

これはとうきょうの、いろはかるた。かんさいには、またすこしちがういろはかるたがある。五、六にんずつにわかれて、かるたとりをしてあそぼう。

ことわざ

こどもはかぜのこ

あさやけはあめ　ゆうやけははれ

ちりもつもればやまとなる

あたまかくしてしりかくさず

「いろはかるた」ににてるね。ことわざには、いいまわらべうたのようなふしはつかないが、わしがおもしろく、みじかいので、おぼえやすい。

にしむくさむらい　しょうのつき

には二、しは四、むは六、くは九、さむらいは
士というかんじで、かたちが十一。
これは、なにかをおぼえるためのうた。さて、
なんだろう？

なぞなぞ

ひとつぼうし　ふたりでかぶる　なあん

くさったたまごとかけて　なんととく。
よるのみちととく。こころはきみがわるい。

（まつば）

かけてもかけても　まえへすすまないもの　なーんだ？

（いす、ふりかけ、でんわ、など）

しんかんせんと　おなじはやさで　とぶとりは？

（まどガラス）

なぞなぞであそぼう。なぞなぞはいっぱいある。
むかしからある。せかいのどこへいってもある。

ふかいたにまから　ふえをふいてでてくるものは？
（おなら・韓国）

まんなかにきいろいかわがながれてる　うつくしいしろいやま
（たまご・スイス）

それはへやのなかにあります　へやもそのなかにあります
（かがみ・トルコ）

＊『世界のなぞなぞ』大修館書店より

したもじり

なまむぎなまごめなまたまご

となりのきゃくはよくかきくうきゃくだ

しかもかもしかもしかだがしかしあしかはたしかしかではない

郡山半次郎

したもじりは、はやくちことば。あそびだけど、ことばをはっきりひとにつたえるれんしゅうにもなる。ほかにも、しってるのがあるかな。

あいうえお

あいうえお
かきくけこ
さしすせそ
たちつてと
なにぬねの
はひふへほ

まみむめも
やいゆえよ
らりるれろ
わゐうゑを
ん

このほかにも「がぎぐげご」のように、かたにてんをふたつつけてあらわすおとや「ぱぴぷぺぽ」のように、かたにまるをつけてあらわすおとがあるけれど、にほんの詩は、ほとんどがこういうおとでできている。もじのかたちをおぼえるだけでなく、「あいうえお」をひとつの詩のように、いろんなふうにこえにだしてたのしもう。

かきくけこのかたいこと

まど・みちお

カキクケコ　カキクケコ

かきくけこの　かたいこと
かちかち　こちこち　かめません

サシスセソ　サシスセソ
さしすせそは　すずしそう
さやさや　そよそよ　かぜのよう

マミムメモ　マミムメモ
まみむめもは　ねばっこい

もっちり　むっちり　くっついた
ヤイユエヨ　ヤイユエヨ
やいゆえよは　やわらかい
ぶよぶよ　ぶゆぶゆ　つぶれそう

おとまねことばの詩

草野心平

おれも眠らう

るるり。
りりり。
るるり。
りりり。

るるり。
りりり。
るるり。
るるり。
りりり。
るるり。
るるり。
るるり。
りりり。

かえるのなきごえを、きいたことあるかな？
この詩をかいたくさのしんぺいは、かえるのし
じん、といわれた。

たいこ

谷川俊太郎

どんどんどん
どんどこどん

どこどんどん
　どどんこどん
どどどんどん
　どこどんどん
どどんこどん
　どこどこどん
どこどこどこどこ
　たいこたたいて

どんどんどんどん

どこへいく

だまってあたまのなかでよむほうがいい詩もあるけれど、こえにだして、みみできいて、からだぜんたいでたのしむほうがいい詩もあるね。

おとのあそびの詩

郡山半次郎

ばった

ばった　ねばった　ふんばった
いばった　ばった　がんばった
ばった　しまった　はやまった

こまった　ばった　あやまった
ばった　へばった　くたばった
はいつくばった　しんじゃった

たんぽぽ

たんぽぽが
たくさん飛んでいく

川崎洋

ひとつひとつ
みんな名前があるんだ
おーい　たぽんぽ
おーい　ぽぽんた
おーい　ぽんたぽ
おーい　ぽたぽん
川に落ちるな

しりとり

みんなでしりとりをしよう。はなしあって、きまりをつくってからはじめよう。

「ん」でおわることばはつかわない、いちどでたことばは、くりかえさないなど。

さよならさんかく　またきてしかく
しかくはとうふ　とうふはしろい
しろいはうさぎ　うさぎははねる
はねるはかえる　かえるはあおい
あおいはやなぎ　やなぎはゆれる
ゆれるはゆうれい　ゆうれいはきえる
きえるはでんき　でんきはひかる
ひかるはおやじの　はげあたま

これは、もじのおとでつなげるのではなく、いろやかたちなどの、にているところでつなげてゆくしりとりうた。

いみのあそびの詩

川崎洋

とる

はっけよい
すもうとる
こんにちは

ぼうしとる
てんどんの
でまえとる
セーターの
ごみをとる
のらねこの

しゃしんとる
かんごふさん
みゃくをとる
おはなみの
ばしょをとる
はんにんの

しもんとる
コーラスの
しきをとる
たんじょうび
としをとる
りりりりり

でんわとる

おなじ「とる」でも、いろんないみになるね。

いるか

谷川俊太郎

いるかいるか
いないかいるか
いないいないいるか

いつならいるか
よるならいるか
またきてみるか

いるかいないか
いないかいるか
いるいるいるか
いっぱいいるか
ねているいるか

ゆめみているか

「いるか」というどうぶつと、「いるか?」というしつもんがまじりあってる。この詩のなかに、いるかがなんというるかなんてことはかんがえなくていいんだよ。

アクロスティック

やせてるけど
まるいかお
だれにもにていない
たのむから
かいだんで
ころばないでね

いちばんうえのもじを、みぎからよこによんでごらん。ことばがかくれてる。

こんなあそびを、えいごでアクロスティックという。ともだちのなまえをかくしたり、ひみつのことばをかくしたりして、つくってみよう。

すきじゃないわ

きらいよ

でーとなんて
するもんですか

はいく

われときてあそべやおやのないすずめ　小林一茶

はるのうみひねもすのたりのたりかな　与謝蕪村

とんぼつりきょうはどこまでいったやら　加賀の千代女

ふるいけやかわずとびこむみずのおと

松尾芭蕉

はいくは、ことばのおとのかずが、五つ、七つ、五つというくみあわせになっている。そういうやくそくでつくる、せかいでいちばんみじかい詩。いまでは、がいこくのこどもたちも、つくっている。

強い風が
屋根を吹き飛ばしちゃった
その晩私は星を数えたの

Aree La-ongthong（タイ）

水たまり
空の全てを
中に閉じ
ブランコをこぐ

Luca Astesana（イタリア）

太陽まで届け――だめだ
よーしもう一度

Brianna Myers（オーストラリア）
＊『わいわいハイクBOOK』マガジンハウス

がいこくごでかかれたはいくは、五七五にほんやくできないこともある。がいこくごでかかれた詩を、にほんごになおすのはとてもむずかしい。

五七五は、はいくのいれもの。あふれだささないように、ことばをいれる。いちまいのえをかくようなつもりで、つくってごらん。

たんか

あきののに　さきたるはなを　ゆびおりて
かきかぞうれば　ななくさのはな

山上憶良

わがきみは　ちよにやちよに　さざれいしの
いわおとなりて　こけのむすまで

かすみたつ　ながきはるひを　こどもらと
てまりつきつつ　このひくらしつ

良寛

たんかは、はいくよりながい。五、七、五、七、七のおとのくみあわせ。
こえにだしてよんでみると、いみはよくわからなくても、きもちがいい。
たんかも、はいくもにほんにむかしからある、詩のかたち。

はぎ　ききょう　おばな　なでしこ　おみなえし
くず　ふじばかま　あきのななくさ

かたちはたんかだけど、なかみがちょっとちがうね。「あきののに」というたんかと、どこがちがうんだろう？

ついでにこれは、はるのななくさのうた。

せり　なずな　おぎょう　はこべら　ほとけのざ
すずな　すずしろ　はるのななくさ

『河海抄《かかいしょう》』より

たんかはいまでもまいにちたくさんのひとがつくっているけど、五七五七七のしらべはかわらなくても、なかみはずいぶんちがってきている。

「うちの子は甘えんぼうでぐうたらで
先生なんとかしてくださいよ」

俵万智

「あさがおは夏の花っていうよりか小学生の花って感じ」

枡野浩一

さんびか

くらきにねむる　つみびとも
じひのひかりに　けふよりは
ちりのうきよの　ゆめさめて
うれしきみとは　なりにけり

キリストきょうをしんじるひとたちが、かみさまをたたえてうたううた、さんびかは、にほんでいちばんはやくほんやくされた、ヨーロッパやアメリカの詩のひとつ。

ほんやく詩

やまのあなた

やまのあなたのそらとおく
「さいわい」すむとひとのいう。
ああ、われひとととめゆきて、
なみださしぐみ、かえりきぬ。

カール・ブッセ／上田敏訳

やまのあなたになおとおく
「さいわい」すむとひとのいう。

あたらしい詩

たんかやはいくとちがう、もっとながいあたらしい詩は、ヨーロッパやアメリカの詩をまねて、いまから一〇〇ねんほどまえから、つくられるようになった。

こゝろなきうたのしらべは

ひとふさのぶだうのごとし
なさけあるてにもつまれて
あたゝかきさけとなるらむ

ぶだうだなふかくかゝれる
むらさきのそれにあらねど
こゝろあるひとのなさけに
かげにおくふさのみつよつ

そはうたのわかきゆゑなり
あぢはひもいろもあさくて
おほかたはかみてすつべき
うたゝねのゆめのそらごと

『若菜集』より　島崎藤村

たんかとおなじような七五のおとのくみあわせだけれど、なかみはずいぶんちがう。あたらしい詩は、だんだん七五のおとからも、じゆうになっていった。

沖の小島

国木田独歩

沖の小島に雲雀《ひばり》があがる
雲雀すむなら畑がある
畑があるなら人がすむ
人がすむなら恋がある

いまから一〇〇ねんいじょうまえにかかれたも
のだけれど、いまわたしたちが、はなしている
のとおなじことばでかかれている。

ゆづり葉

河井酔茗

子供たちよ。
これは譲《ゆづ》り葉の木です。
この譲り葉は

新しい葉が出来ると
入り代つてふるい葉が落ちてしまふのです。

こんなに厚い葉
こんなに大きい葉でも
新しい葉が出来ると無造作に落ちる
新しい葉にいのちを譲つて——。

子供たちよ

お前たちは何を欲しがらないでも
凡《すべ》てのものがお前たちに譲られるのです。
太陽の廻《まわ》るかぎり
譲られるものは絶えません。

輝ける大都会も
そつくりお前たちが譲り受けるのです。
読みきれないほどの書物も
みんなお前たちの手に受取るのです。

幸福なる子供たちよ
お前たちの手はまだ小さいけれど——。

世のお父さん、お母さんたちは
何一つ持つてゆかない。
みんなお前たちに譲つてゆくために
いのちあるもの、よいもの、美しいものを、
一生懸命に造つてゐます。

今、お前たちは気が附《つ》かないけれど
ひとりでにいのちは延びる。
鳥のやうにうたひ、花のやうに笑つてゐる間に
気が附いてきます。

そしたら子供たちよ。
もう一度譲り葉の木の下に立つて
譲り葉を見る時が来るでせう。

「しまふ《(う)》」「ゐ《(い)》ます」「うたひ《(い)》」「せう《(しょ)》」などは、むかしのかなづかい。いまはつかわれていないけれど、おとはおんなじ。よめるようになっておこう。

根付の国

高村光太郎

頬骨が出て、唇が厚くて、眼が三角で、名人三五《みつご》郎《ろう》の彫つた
根付の様な顔をして

魂をぬかれた様にぽかんとして
自分を知らない、こせこせした
命のやすい
見栄坊な
小さく固まって、納まり返った
猿の様な、狐の様な、もももんがあの様な、だぼはぜの様な、
麦魚《めだか》の様な、鬼瓦の様な、茶碗のかけらの様な日本人

まんがにかかれたかおが、ほんとのかおより、

そのひとらしくかんじられることがある。これはことばでかいたまんが。まるでけんかをうっているようなちょうしだけど、ただのわるくちとはちがう。

ふしがついた詩

つき

でたでたつきが
まるいまるい　まんまるい
ぼんのような　つきが

かくれたくもに
くろいくろい　まっくろい
すみのような　くもに

またでたつきが
まるいまるい　まんまるい
ぼんのような　つきが

おじいちゃんやおばあちゃんが、こどものころうたったうた。あなたもうたえるかな?

この道

北原白秋／山田耕筰

この道はいつか来た道
ああ　そうだよ
あかしやの花が咲いてる
あの丘はいつか見た丘

ああ　そうだよ
ほら　白い時計台だよ
この道はいつか来た道
ああ　そうだよ
お母さまと馬車で行ったよ
あの雲はいつか見た雲
ああ　そうだよ

山査子《さんざし》の枝も垂れてる

わらべうたとはちがって、しじんがことばをかき、さっきょくかがさっきょくしたうた。あたらしい詩がうまれると、あたらしいうたもうまれるようになった。うたのことばも、うたわずによめば、詩のなかま。詩とうたのねっこは、ひとつ。

つみあげうた

これはひろしくん
これはひろしくんが
よんでいるえほん
これはひろしくんが

よんでいるえほんを
かってくれたおかあさん

これはひろしくんが
よんでいるえほんを
かってくれたおかあさんと
ににんさんきゃくしてるおとうさん

これはひろしくんが

よんでいるえほんを
かってくれたおかあさんと
ににんさんきゃくしてるおとうさんに
しょうぎでまけたおじいちゃん

これはひろしくんが
よんでいるえほんを
かってくれたおかあさんと
ににんさんきゃくしてるおとうさんに

しょうぎでまけたおじいちゃんが
こどものころにかいたえ

これはひろしくんが
よんでいるえほんを
かってくれたおかあさんと
ににんさんきゃくしてるおとうさんに
しょうぎでまけたおじいちゃんが
こどものころにかいたえに

でてくるむかしのじどうしゃ

これはひろしくんが
よんでいるえほんを
かってくれたおかあさんと
ににんさんきゃくしてるおとうさんに
しょうぎでまけたおじいちゃんが
こどものころにかいたえに
でてくるむかしのじどうしゃの

うんてんしゅさん

これはひろしくんが……（どんどんつづけていく）

つみあげうたは、こんなふうにつみきみたいに、つぎつぎにことばをつみあげてつくる。みんなでかんがえをだしあって、つくってみよう。

きもちの詩

えんそく

かわぐちのりこ

せんせい
はしがあるよ
せんせい
ばらがさいてるよ

せんせい
はんかちおとしちゃった
せんせい
つかれちゃった
せんせい
おべんとうにしてよ
せんせい
ばななはんぶんあげるよ

せんせいにむかっていったことを、そのままもじにしたような詩。アクロスティックやつみあげうたとは、ちがうね。この詩をよむと、つくったひとのきもちがわかる。

じぶんがみたり、きいたりしてかんじた、ふだんとはちょっとちがうとくべつなきもちを、みじかいことばで、へたでもいいから、しょうじきにかいてみよう。それが詩になっているかどうかは、きにしなくてもいい。

リンゴちゃん

スパイク・ミリガン／川崎洋訳

リンゴちゃん　リンゴちゃん
木になってるリンゴちゃん
あたしのために　そうやって
ぶらさがっているのかな？
リンゴちゃん　リンゴちゃん
木になってるリンゴちゃん

おやつの時間に食べていい?
リンゴちゃん　リンゴちゃん
落ちてきたら
まるごとガブッと食べたげる

こんなふうに、なにかに、それともだれかによびかけてつくってもいい。ひとりごとみたいでも、詩はきいてくれるあいて、よんでくれるあいてをいつもさがしてる。

なんでもないよ

おとうさんっ
なんだい
おとうさんっ
なあに
おとうさんっ
なにか　ようかい

糸井重里

おとうさんっ
　だから　なあに
なんでもないよ
ただ　よんだだけ
おとうさんっ
　はい
おとうさんっ
　はいよ

おとうさんっ
はいはい
おとうさんっ
はいっ
なんでもないよ
ただ　よんだだけ
アハハハ
アハハハハ

なんでもないことも、おもしろい。なんでもないことも、詩になる。でも、なんでもないことをみつけるには、ちゅういぶかいこころが、いる。

いろんな詩をよんでみよう

ケムシ・――

まど・みちお

さんぱつは　きらい

はいくよりみじかいね。でも、いいまわしがうまいので、おもわずわらってしまう。だれもおもいつかないけれど、いわれてみると、なるほど！　とおもえるような、うまいいいまわし、それも詩になる。

蛇

ルナール／岸田国士訳

長すぎる。

あめ

山田今次

あめ　あめ　あめ　あめ
あめ　あめ　あめ　あめ
あめは　ぼくらを　ざんざか　たたく
ざんざか　ざんざか
ざんざん　ざかざか
あめは　ざんざん　ざかざか　ざかざか
ほったてごやを　ねらって　たたく

ぼくらの　くらしを　びしびし　たたく
さびが　ざりざり　はげてる　やねを
やすむ　ことなく　しきりに　たたく
ふる　ふる　ふる　ふる
ふる　ふる　ふる　ふる
あめは　ざんざん　ざかざん　ざかざん
ざかざん　ざかざん
ざんざん　ざかざか
つぎから　つぎへと　ざかざか　ざかざか

みみにも　むねにも　しみこむ　ほどに
ぼくらの　くらしを　かこんで　たたく

やまださんは、ものおきみたいなそまつないえにすんでいた。あめがふるとしごとがなかった。一九四七ねん、にほんがせんそうにまけて、たべものもなかったじだいに、この詩はかかれた。そんなことを、この詩はなにもせつめいしていない。でも、よむひとがこころをはたらかせれば、そのときのやまださんと、おなじことをかんじとれる。

雪が降つてゐる……

中原中也

雪が降つてゐる、
とほくを。
雪が降つてゐる、
とほくを。

捨てられた羊かなんぞのやうに
　とほくを、
雪が降つてゐる、
　とほくを。
たかい空から、
　とほくを、
とほくを
　とほくを、
お寺の屋根にも、

それから、
お寺の森にも、
それから、
たえまもなしに。
空から、
雪が降つてゐる
それから、
兵営にゆく道にも、
それから、

日が暮れかゝる、
それから、
喇叭《らつぱ》がきこえる。
それから、
雪が降つてゐる、
なほも。

（一九二九・二・一八）

おなじことばをなんどもくりかえしてるね。七五のおとはつかっていないけれど、この詩はお

んがくのようだ。(「とほく」は「とおく」、「なほも」は「なおも」とよむ)
あと三つ、ゆきにかんけいのある詩。

子守唄

室生犀星

雪がふると子守唄がきこえる
これは永い間のわたしのならはしだ。
窓から戸口から

空から
子もりうたがきこえる。
だがわたしは子もりうたを聞いたことがない
母といふものを子供のときにしらないわたしに
さういう唄《うた》の記憶があらうとは思へない。
だが不思議に
雪のふる日は聴《きこ》える
どこできいたこともない唄がきこえる。

こどものための冬の唄

プレヴェール／小笠原豊樹訳

冬の夜
白い大きな人が走る
白い大きな人が走る
それはパイプくわえた雪だるま
寒さに追われる大きな雪だるま
村に入る
村に入る

あかりを見つけて安心する
小さな家へ
ノックもせずに入ってゆく
あたたまろうと
赤い暖炉の前に坐《すわ》る
あっというまに失くなる
残ったのはパイプだけ
水たまりのまんなかに
残ったのはパイプだけ

それから古い帽子だけ。

なだれ

井伏鱒二

峯《みね》の雪が裂け
雪がなだれる
そのなだれに
熊が乗つてゐる
あぐらをかき

安閑と
莨《たばこ》をすふやうな恰好《かっこう》で
そこに一ぴき熊がゐる

おなじゆきの詩でも、かくひとによってそれぞれにちがうね。あなたはどれがすき？
いろんな詩をよんで、すきな詩をみつけよう。

きもち

さくら　ももこ

やさしい気持ちは
ふわふわしてる。
こわい気持ちは
ぶるぶるしてる。
さみしい気持ちは
ほそぼそしてる。
うれしい気持ちは
ぴょんぴょんはねる。

この詩をかいたとき、さくらさんは、どんなきもちだったとおもう？　やさしくて、こわくて、さみしくて、うれしかった？　いっぺんにそんなきもちになれるかしら？　詩にかいてあるきもちは、詩をかいているひとのきもちとおなじとはかぎらない。

詩をよむひとがかんじるきもち、それがその詩のきもちだとかんがえるほうがいい。そのきもちは、よむひとによってひとりひとりちがっていていい。さくらさんはたぶん、こわかったり、さみしかったりしたことを、おもいだしながら、いろんなきもちのことをうまくかきたいなといういうきもちで、この詩をかいたんじゃないかな。

木村信子

ひとり

ひとりがすきなわたし

ひとりがきらいなわたし
ひとりになりたいわたし

みんなすきなわたし
みんなきらいなわたし
みんなにすかれたいわたし

ひとりになれないわたし
みんなのなかでひとりのわたし

口笛ふいてみる

きもちってひとつのようでいて、なかにいろんなきもちがかくれてるね。じぶんのこころのなかをみつめることも、詩につながる。

きました

阪田寛夫

あさが　きました
きました
きました
「きました」は　うれしい
おじいちゃんが　きました

うれしい
うれしい
「うれしい」が　きました

「あさ」「きました」「おじいちゃん」「うれしい」、たった四つのだれもがしってることばも、うまくくみあわせると、こんなおもしろい詩になる。詩をかくのに、ことばをたくさんしってるひつようはない。

夕日

大関松三郎

夕日にむかってかえってくる
川からのてりかえしで
空のはてからはてまで　もえている
みちばたのくさも　ちりちりもえ
ぼくたちのきものにも　夕日がとびうつりそうだ
いっちんち　いねはこびで

こしまで　ぐなんぐなんつかれた
それでも　夕日にむかって歩いていると
からだの中まで夕日がしみこんできて
なんとなく　こそばっこい
どこまでも歩いていきたいようだ
遠い夕日の中に　うちがあるようだ
たのしいたのしいうちへ　かえっていくようだ
あの夕日の中へかえっていくようだ
いっちんち　よくはたらいたなあ

ゆうひをみると、きれいだとおもう。でもその
きれいさをあらわすには、ただきれいだとかく
だけでは、だれがかいてもおなじになってしま
う。ひとまねしないで、じぶんだけのかきかた
をくふうするところに、そのひとでなければか
けない、あたらしい詩はうまれる。

空

奥田恭一

空には
しゅうてんがあるのだろうか
ないだろうか
ぼくは　あると思うな
そこには
青いすなと
小さな石ころが
いっぱいならんでるだろうな

じっさいにはないものでも、ひとはこころのなかでいろいろにおもいえがくことができる。それができるのは、ことばがあるから。詩のなかでは、どんなくうそうをしてもいい。くうそうはうそとはちがう。

土

三好達治

蟻《あり》が
蝶《ちょう》の羽をひいて行く
ああ
ヨットのやうだ

ふだんのくらしのなかでの、ちいさなはっけん。「ああ」ということばと、「つち」というだいがきめて。「ああ」をとってみると、どんなかんじ？　だいをかえてみると、どんなかんじ？

チューリップ

三好達治

蜂《はち》の羽音が
チューリップの花に消える
微風《そよかぜ》の中にひつそりと
客を迎へた赤い部屋

おきゃくさんは「はち」だね、そして「あかいへや」はチューリップだね。「……のようだ」
といわなくても、おもいがけないふたつのもの
をむすびつけると、そこに詩がうまれる。

月

山村暮鳥

ほつかりと
月がでた
丘の上をのつそりのつそり

だれだらう、あるいてゐるぞ

えみたいな詩だね。こわいようなきもするけど、
ちょっとおかしいようなきもする。

猫

萩原朔太郎

まつくろけの猫が二疋《にひき》、
なやましいよるの家根《やね》のうへで、

ぴんとたてた尻尾《しっぽ》のさきから、
糸のやうなみかづきがかすんでゐる。
『おわあ、こんばんは』
『おぎやあ、おぎやあ、おぎやあ』
『おわああ、ここの家《うち》の主人は病気です』

この詩がほんになってでたのは一九一七ねん、まえにあげた島崎藤村の「こゝろなきうたのし

らべは」という詩がでたのは一八九七ねん、た
った二〇ねんしかたっていない。詩のかたちも、
なかみもずいぶんかわったのがわかる。

杉浦朱美

花

花は自分のうまれたところを
そっと思い出す。
くきをきられてかびんにいれられた

花は
そっとぬけだして
くらい林のみちをあるく。

かよわい花

かよわい花です
もろげな花です
はかない花の命です

三好達治

朝さく花の朝がほは
昼にはしぼんでしまひます
昼さく花の昼がほは
夕方しぼんでしまひます
夕方に咲く夕がほは
朝にはしぼんでしまひます
みんな短い命です
けれども時間を守ります
さうしてさつさと帰ります

どこかへ帰つてしまひます

はなということばは、ほんとうのはなとちがって、かたちもないし、いろもかおりもなく、てでさわることもできない。詩のなかのはなは、ほんとうのはながあるからこそうまれてきたんだ。でも、詩のなかのはなには、ほんとうのはなとはちがううつくしさがある。

鳥が

川崎洋

鳥が
空を見上げるように
花が　つぼみを　ほどく
鳥が
羽ばたこうとするように

花が　葉をしげらせる

鳥が
飛びたつように
花が　咲きそめる

鳥が
歌うように
花が　におう

そして
人は　ことばで
鳥のように飛び
花のように咲く

ほうげんの詩

高木恭造

吹雪《フギ》

子供等《ワラハド》エ
早ぐ《グ》ど寝でまれ

ほらア！

あれア白い　狼《オウガメ》ア吼《ほ》えで
駆《ハ》ケで歩《ア》りてらンだド
まぎの隅《スマ》がら
死《し》ンだ爺《ヂコ》ド媼《ババ》　睨《にら》めでるド
子供等《ワラハド》エ
早《グ》ぐど寝でまれ

つがるのことばで、かいた詩。おなじにほんご

でも、こんなにちがう。つがるのひとがいたら、
こえにだしてよんでもらうと、こういう「ほう
げん」のうつくしさがわかる。

あいうえおおさか　くいだおれ

島田陽子

あの子に　あげたい　あわおこし
いっしょに　たべたい　いろごはん
ういろは　さいぜん　もろたけど

ええもん　ほしい　まだたらん
おこのみやきを　やいてぇな
かもうり　かすじる　かんとだき
きもすい　すきな　おじいちゃん
くしかつ　目ぇない　おばあちゃんと
けつねの　おいしい　みせのこと
こんまき　たべたべ　いうてはる

さいなら　さやまめ　さんどまめ
しっぽく　しのだで　またあした
すねる子　すうどん　うちすかン
せんぎり　ゆびきり　せぇろそば
そうめん　そんでに　なかなおり

たこやき　たらふく　たべたもん
ちりめんじゃこも　はいれへん
つうてんかくで　ひるねして

てっちり　ゆっくり　たべにいこ
どっこの　みせかて　にげへんテ

なべやきうどんは　あっつあつ
にゅうめん　ほどよう　たべごろに
ぬくずし　はんなり　おまっとはん
ねぎまも　ぐつぐつ　ゆげたてて
のぅれん　たのしい　たべあるき

はこずし　ばらずし　ばってらに
ひろうす　よばれて　ひぃくれて
ふろふき　ぶぶづけ　ごっつぉはん
へたって　しもた　ゆめンなか
ぼたもち　かにして　もうあかん

まむしは　うなどん　においがえぇ
みたらしだんごは　みつがえぇ
むしずし　なつより　ふゆがえぇ

めおとぜんざい　なまえがえぇ
もみじの　てんぷら　おとがえぇ

やしんぼ　やめとこ　やわたまき
ゆぅみそ　そばから　てぇだして
よっぴて　しくしく　おなかいた
らりるれ　ろぉじで　ともだちが
わろても　よんでも　おきられへん

おおさかべんでかいたあいうえおのアクロスティック。たべもののなまえをならべたって、詩になるんだ。詩をつくるのに、とくべつなことばはいらない。だいじなのは、じぶんもたのしみ、よむひとにもたのしんでもらおうというきもち。

詩ってなんだろう

生きる先々

僕には是非とも詩が要るのだ
かなしくなっても詩が要るし
さびしいときなど詩がないと
よけいにさびしくなるばかりだ

山之口貘

僕はいつでも詩が要るのだ
ひもじいときにも詩を書いたし
結婚したかったあのときにも
結婚したいという詩があった
結婚してからもいくつかの結婚に関する詩が出来た
おもえばこれも詩人の生活だ
ぼくの生きる先々には
詩の要るようなことばっかりで
女房までがそこにいて

すっかり詩の味おぼえたのか
このごろは酸っぱいものなどをこのんでたべたりして
僕にひとつの詩をねだるのだ
子供が出来たらまたひとつ
子供の出来た詩をひとつ

しじんは、詩をかいておかねをかせぐけれど、
おかねのために、詩をかくのではない。
かきたいから、かかずにいられないから、詩を

かくんだ。詩をかきたいきもち、詩をよみたい
きもちは、こころのいちばんふかいところから、
わいてくる。

詩を書く理由

永瀬清子

植物の中を水が通るように――。
つまり植物の表面において水は乾くから、
植物は根から水を汲《く》むポンプだから

だから私の中を詩が通る。
かわく作用がなければ水は揚がらない。
汲む力がなければ水は通らない。
そしてそれは私の心の小さな手押ハンドルなのだ。
地球の水を汲む手押ハンドルなのだ。

詩　又又又　　堀口大学

一人の心に灯をともす

別の一人に欠伸《あくび》をさせる

どうしていつも

太陽

月

星

そして

まど・みちお

雨
風
虹《にじ》
やまびこ

ああ　一ばん　ふるいものばかりが
どうして　いつも　こんなに
一ばん　あたらしいのだろう

おどりだしたくなるような詩、じっとかんがえこんでしまうような詩、かなしくないのになみだがでてくる詩、さがしていたこたえが、みつかったようなきがする詩、つぎからつぎへとでてくるおいしいごちそうのようだね。そう、詩はわからなくても、たべもののようにあじわうことができるんだ。詩をよむと、こころがひろがる。詩をこえにだすと、からだがよろこぶ。うみややま、ゆうやけやほしぞら、詩はいいけしきのように、わたしたちにいきるちからをあたえてくれる、ふしぎなもの。詩ってなんだろう、というといかけにこたえたひとは、せかいじゅうにまだひとりもいない。

あとがき

「詩ってなんですか?」という質問をよく受けます、子どもからも、大人からも。いつも私は困ってしまいます。詩とは何かという問いには、詩そのもので答えるしかないと思うからです。けれど詩の世界は深く豊かで限りなく多様です。詩は一篇の作品に感動する心のうちに生まれるものですが、その一篇の作品は孤立して存在しているわけではありません。日本語にも他の言語と同じく、読まれ、書かれてきた長い詩歌の伝統があります。その全体を知ることで、私たちはもっとよく、詩というこのとらえ難いものに近づくことが出来るでしょう。

この本は、現行のいくつかの小学校国語教科書を読んで感じた私の危機感から出発しています。教科書には私の作も含めて多くの詩が収録されているのですが、その扱い方がばらばらで、日本の詩歌の時間的、空間的なひろがりを子どもたちにどう教えていけばいいかという方法論が見あたらないのです。現場の先生がたもまた、そういう大きな視点をもてない悩みをかかえているようでした。

私は一介の実作者にすぎませんが、長いあいだ詩にかかわってきた経験を通して、自分なりのおおざっぱな詩の見取り図を書けるのではないかと思いました。ですからこれはいわゆるアンソロジーとはちょっと違います。私は自分の考え方の道筋にそって詩を集め、選び、配列し、詩とは何かを考えるおおもとのところをとらえたいと願ったのです。

二〇〇一年七月

谷川俊太郎

文庫版へのあとがき

ここ数年小中高の教室を訪ねて、短い時間ですが生徒たちと詩の話をしたり、実際に詩を作ってみたりする機会が増えました。学校によって、また教師によって詩への関心はさまざまなのでいちがいに言えませんが、この『詩ってなんだろう』が、私の望んだようには教育の現場で役立っているとは思えませんでした。

でも、教室で実地にたとえばアクロスティックや、つみあげうたなどを皆で作っていくと、生徒たちは次々に思いがけない言葉を出してきます。自分の感じていることと、思っていることをその場で言葉にするのは難しいし、ともすれば紋切り型に流れがちです。しかし、すでに存在している〈形〉の中に即興的に言葉を入れていくのは、生徒たちをいわゆる〈自己表現〉からも、また慣習化した〈意味〉からも自由にします。

同じ日本語によって書かれているので、散文的言語と詩的言語を、ほとんどの人は(教育にたずさわる人たちも含めて)、ごっちゃにしています。けれどそのふたつの言語はときに渾然一体ともなりますが、ときに断絶と言っていいほどに隔てられると私は考えています。日々の暮らしの中での言葉の使いかただけを物指しにして考えると、近づくことの難しい詩作品もあるのです。

詩的言語を目指すことで、生徒たちは気づかずに日常流通している〈意味〉からつかの間解き放たれ、また〈散文〉に対する〈韻文〉の、必ずしも意味にとらわれない音としての面白さ、豊かさも意識するようになります。詩的言語を声に出して読む、あるいは演ずることは、言語表現の多様性を身につける上で欠かせないと思います。

始めのうち生徒たちは戸惑い、恥ずかしがることが多いのですが、〈私〉の世界よりもはるかに広く深い〈言語〉の世界に気づき、自分の内部と同時に外部に言語を意識するようになるとき、単に詩とは何かを知るだけでなく、彼らは言語というものの働きの根本に触れることになるのではないでしょうか。

手ごろな文庫版になった『詩ってなんだろう』が、教室や家庭で気軽に使われるようになることを願っています。

二〇〇七年四月

谷川俊太郎

解説　ひとりのときに出会うもの

華　恵

詩は苦手です。

国語の時間に詩や俳句が出てくると、早く終わってくれないかな、と思っていました。みんなで何度も音読して、先生が一行一行細かく説明して、また音読して、最後には自分で作る作業が待っています。でも、頭が真っ白で、ことばが出てきません。

書いて消して書いて消して書いて消して……。紙がだんだんぐちゃぐちゃになっていく。みるみるうちに鉛筆の芯が太くなっていく。へろへろの文字で書かれた中途半端な私の詩。

先生に提出した後は、みんなからの評価が待っています。これが一番ゆううつです。最初のうちは、好きなように書いたものがそのまんま教室の後ろに貼り出されていました。それから徐々に「どれが一番良かったか」とクラスで意見を出し合うようになると、私は評価ばかり気にして、出てくるのは「どうする、どうする」ということばだけです。

俳句は、特にそうです。必ず最後に投票があります。書いた人の名前を伏せたものを先生がプリントにして、そこから一番いいものを選ぶのです。やっと書いても、テキトーに書いても、たまに満足できるものが書けても、私はベスト5にも入ったことがありません。毎度のことですが、早々と落選します。「ちっ、せっかく書いたのに」と思いますが、三十人中二人ぐらいしか手を挙げてくれないということは、客観的に見てもヘタクソなのでしょう。読み手に訴える力がない。それはわかってるんです。でもやっぱり、自分の句が比べられるのがいやで、最初からレース不参加を宣言したくなります。

「俳句は、けり、とかを最後につけるといいんだよ」と言った友達がいました。先生は「さすが、○○くん」とほめていました。私は、「けっ、知ったかして」と思いましたが、明らかに自分より上手なので、何も言えません。むずかしいことばを使って、ジジくさい、凝った俳句を作るんです。いつも必ずベスト1に選ばれていました。

中学に入ってからも、ずっとこうでした。体育大会や林間学校など、何か行事の後には、国語の授業で詩や俳句を書くことになります。またか、と思いながらも、自分で内容を決めて書き始めるのですが、三行目あたりでパタッと止まってしまう。いつものように、書いて消して……の繰り返しになり、しまいには時間がなくなって、適当にことばを並べて提出する。一応、詩の形にはなっていると思います。でも、相変わらず結果はさんざんで、一回目の投票で振り落とされるのです。ベスト5ぐらいまで絞られたところで、先生がみんなに向かって言いました。

「自分のが選ばれなかった人は、友達のがなぜいいのかを考えて、発言しましょう」

はい。私は自分の気持ちを隠すためにも、どんどん意見を言うことにしました。内心、チックショウ、と思いながらも、こうなったらしゃべりまくるだけです。でも、なんだかなあ……複雑な気持ちです。詩が作れる人はいいな。どうすればできるようになるの？　俳句って、どうやってことばを選ぶの？　そんなことをぼんやり考えているうちに、中学三年間が過ぎてしまいました。私が出した結論は、「詩や俳句を作るのは、持って生まれた才能。私は持ってない」ということ。簡単だな。諦めるのは。

ところが皮肉なことに、そう思った直後に、この本に出会ったのです。

『詩ってなんだろう』

そんな、今さら、って感じなんですけど。でも、谷川俊太郎さんって、あの、淡い色のタートルネックのおじさん？　前にテレビで見たことがあります。笑ったときにシュワシュワッとしわができる目の周りの感じが少年みたいで好きです。読んでみようかな。きっと、上から目線は、ない。それで、「なんだろう」という問いにちゃんと答えてくれるような気がする。私はちょっと緊張しながら本を開いてみました。

最初のページに出てきた最初の「詩」は……

「いない　いない　ばあ」

……これ、詩？

「わらべうた」が次々と出てきます。「だるまさん　だるまさん」も、「かごめかごめ」も、知っている歌ばかりです。小さい頃、みんな、耳から覚えたものです。こういうの、みんな、「詩のなかま」だって。「もじがなくても、もじがよめなくても、詩をたのしむことはできる」って。

それから、「ことわざ」も、「なぞなぞ」も、「早口ことば」も、「あいうえお」も、詩のなかまだって。びっくり。

懐かしい詩が出ていました。私がまだ三歳ぐらいで、日本語も知らなかった頃のことです。日本に来る前、兄が『たいこ』を声に出して読んでいたのを覚えています。私はまねをして「どんどんどん　どんどこどん」と言っていました。音がおもしろくて、そのうち、おもちゃのドラムスティックで「どこどん　どん　どどんこどん」と叩いて、途中で間違うと、おかしくてゲラゲラ笑いました。そのうち勝手にリズムを作り出して、いつまでも止まらなくて。

教科書に出てきた詩も、ありました。

『とる』が出てきたときは、嬉しかったな。歌を歌うみたいに、声に出して読んだのを覚えています。「すもうとる」とか「ぼうしとる」とか、「とる」が次々と出てきて、ワクワクしながら読みました。

でも、先生が「とる」という漢字をひとつひとつ黒板に書き出して説明し始めたら、だんだんどうでもよくなってきて……。詩のまわりにことばがベタベタくっついてきて、詩の中の空間がなくなってくるみたいで。最後にもう一度、「漢字を思い浮かべながら」みんなで揃って音読して、漢字練習をする頃になると、なんかもう、机に突っ伏したくなって。私は、非常に態度の悪い子どもでした。

懐かしい。最初から声に出して、読んでみました。

リズムをつけて、「コーラスの　しきをとる」とか、「りりりりり　でんわとる」とかは、ジェスチャーまで入れたりして。

詩の後に、一文だけ、短い解説がありました。

「おなじ『とる』でも、いろんないみになるね」。

私は、「うん、そうだね」と笑って言いました。やっぱり好きです、この詩。

それから、『いるか』もありました。これも教科書に載っていた詩です。

「いるかいるか　いないかいるか　いないいないいるか……」って、教室で何度も声を揃えて読んだ後、「ここで、海にいるイルカはどれでしょうか」と詳しく説明していくうちに、イルカが波の中に隠れてしまいそうな気がしたのを覚えています。

私は、いったんその思い出をデリートして、最初から声を出して読んでみました。すると、イルカは、波間からピョコピョコ現れてきました。そして、私の気持ちを見透かしたかのように、谷川さんは、最後に言っていました。

「この詩のなかに、いるかがなんというかなんてことはかんがえなくていいんだよ」

ちょっと鼻の奥がツンとしました。

そっか。音を楽しむだけでもいいんだね。自然に見えるもので、いいんだね。

短歌も俳句も、詩のなかま、だそうです。

「五七五は、はいくのいれもの。あふれださないように、ことばをいれる。いちまいのえをかくようなつもりで、つくってごらん」

ことばがあふれ出さないように。一枚の絵を描くつもりで。

そう言われると、「われときて」も、「はるのうみ」も、「とんぼつり」も、「ふるいけや」も、全部、一枚の絵になっているのがわかります。

俳句よりも短い詩がありました。

題は「蛇」。

本文はたった一行、「長すぎる」。

……ブフッと笑いそうになります。もし、教室でこういうのを発表したら、先生、何て言うかな。「最後までちゃんと書きなさい」って言われそう。クラスの中でのベスト詩にも、選ばれない、きっと。でも、私は好きです。だって、ここには、はっきりと「一枚の絵」が見えます。リアルな絵です。

「アクロスティック」という詩の形も紹介されていました。各行の頭にある文字をつなげていくと、誰かの名前や物の名前が浮き出てくる、というものです。こういうの、遊び半分で友達とよくやりました。クラスの名前を横に並べて、それを体育大会の応援にしたり、誰かの名前を使って、どんな人かを勝手に発表したり。でも、それだけじゃなくて、大事なメッセージが隠れていることもあるそうです。

すきじゃないわ
きらいよ
でーとなんて
するもんですか

こんな短い詩に、複雑な気持ちが全部表れています。本音と強がりが行ったり来たり。「す・き・で・す」なんて言えない。だから、こんなふうに……。自分の気持ちをズバリ言い当てられているようで、ドキッとしました。

『なんでもないよ』も、好きです。

「おとうさんっ」と呼びかけて、おとうさんがひと言、「なんだい」と答える。何度も何度も呼びかける。そのたびに、おとうさんは少しずつちがう返事をする。それで、最後に、「なんでもないよ　ただ　よんだだけ　アハハハハ　アハハハ」と一緒に笑う。いいな、こういうの。

詩を読んでいると、いろんな気持ちが引っ張り出されます。声を出して笑いたくなります。涙が出そうになります。温かい気持ちになります。

この本の中に、またまたびっくりすることがありました。自分の気持ちは、自分にしかわからなくて、自分で書いて表すものだと思っていたのに、他の誰かが書いた詩の中に、自分がいたのです。今のそのままの姿で。

『ひとり』という詩の中に、ひとりでいることと、「みんな」とのビミョウな間隔でゆれている私がいます。

ひとりがすきなわたし
ひとりがきらいなわたし
ひとりになりたいわたし
……(中略)……
ひとりになれないわたし
みんなのなかでひとりのわたし
口笛ふいてみる

こういう詩、書けたらいいな。書きたい、という欲求は、まだ出てこないけれど。

「じぶんがみたり、きいたりしてかんじた、ふだんとはちょっとちがうとくべつなきもちを、みじかいことばで、へたでもいいから、しょうじきにかいてみよう。それが詩になっているかどうかは、きにしなくてもいい。」

下手でもいいから、と言われると、ほっとします。点数をつけられるのは、嫌いだから。点数を気にする自分も嫌いだけれど。私がこうしてエッセイを書くようになったのは、学校の評価がなかったからかもしれない、と最近思うのです。課題もなかったし、一番を決める投票もなかったから、楽だったんです。エッセイなら、自由に、好き勝手に自分の気持ちをことばに乗せられる。最初は、書きたいという気持ちが湧いてきて、次に、伝えたいという気持ちが出てくる。でも、詩や俳句で「正直に書く」という気持ちになるのはむずかしい。

小さい頃は、言いたいことを全部言って、隠し事なんか何もなかったのに、今は違います。隠しておきたいことが多すぎる。かっこつけていることもある。何が自分の本当の気持ちかさえも、わからなくなることがある。詩や俳句で正直に書く、って、どのくらい正直になればいいのでしょうか……って質問はおかしいな。すみません。

自分の気持ちを正直に書いてしまうのは、やっぱりちょっとこわい。書いてみても、ほんとの自分じゃないような気がする。どこか違う。ウソっぽく聞こえてしまう。それよりも、自分じゃない誰かが書いた詩がほんとの自分のことだったりするんです。それで、ようやく、ああそうだ、これが私なんだ、と気づくのです。

……とすると、おそらく、無理して詩や俳句を作ろうとしなくてもいい、ってことかもしれない。他の誰かのことばに頼ってもいいのかもしれない。だって、例えば時代劇が好きだからという人達が、自分で時代劇を書くわけじゃないし、音楽が好きだからといって、作曲しなきゃいけないわけじゃない。誰かが作った歌を歌っている人がほとんどだもの。

「詩をかきたいきもち、詩をよみたいきもちは、こころのいちばんふかいところからわいてくる」と谷川さんは言っています。詩人は、書かずにいられないから書く、と言います。でも、そういう気持ちまでは起きてこない私は、今は、読み手のままでもいいかな、と思います。いつか、書きたい気持ちが出てくるまで。だって、自分の気持ちなのに、他の人の方がぴたりと言い当てていたり